中國大詩人寫了很多好詩，

裏面有山有水，有人情，有世故。

詩有一種自然的格律美，

讓人易記易背，琅琅上口，終身受用。

大家都來聽一聽，讀一讀吧！

◎ 責任編輯　余雲嬌　劉萄諾
◎ 裝幀設計　鄧佩儀
◎ 繪　　圖　鄧佩儀
◎ 排　　版　鄧佩儀
◎ 印　　務　劉漢舉

詩之教系列 〈 3

隨大詩人欣賞格律美

策劃｜陳萬雄

編著｜小白楊工作室

編輯成員｜蔡嘉亮、黎彩玉

出版｜中華教育

香港北角英皇道 499 號北角工業大廈 1 樓 B 室

電話：(852) 2137 2338　傳真：(852) 2713 8202

電子郵件：info@chunghwabook.com.hk

網址：http://www.chunghwabook.com.hk

發行｜香港聯合書刊物流有限公司

香港新界荃灣德士古道 220-248 號荃灣工業中心 16 樓

電話：(852) 2150 2100　傳真：(852) 2407 3062

電子郵件：info@suplogistics.com.hk

印刷｜韶關福同彩印有限公司

韶關市武江區沐溪工業園沐溪六路 B 區

版次｜2023 年 7 月第 1 版第 1 次印刷

©2023 中華教育

規格｜16 開（244mm x 215mm）

ISBN｜978-988-8809-95-0

隨大詩人
欣賞格律美

陳萬雄　策劃
小白楊工作室　編著

中華教育

目錄

詩人李白心情鬱悶，獨自登上敬亭山散心。
他坐在山上，看着鳥兒飛走了，雲朵也飄走了，
眼前只剩下敬亭山。
詩人靜靜地看着敬亭山，敬亭山也好像默默地看着他。

獨坐敬亭山

李白

眾鳥高飛盡[1]，
孤雲獨去閒[2]。
相看兩[3]不厭，
只有敬亭山[4]。

[1] 盡：消失。
[2] 閒：悠閒，形容雲朵慢慢地飄遠。
[3] 兩：這裏指詩人和敬亭山。
[4] 敬亭山：在安徽省宣城，山峯高峻，風景優美。

格律之美

五言絕句

這首詩共四句，每句五個字，是五言絕句。第一、二句字數相等，句法相似，是對偶句。其中「眾鳥」對「孤雲」，「高飛」對「獨去」，「盡」對「閒」，句式工整，也寫出鳥兒飛走和雲朵飄遠後天空空無一物，環境寧靜。詩人還用擬人法，把敬亭山當作知心好友，彼此互相欣賞，從中得到慰藉。

詩人孟浩然很喜愛大自然，
這首詩就是他隱居山林時創作的。
春天來了，鳥兒把詩人喚醒，
原來昨晚又來了一場風雨，
吹倒了不少可愛的花兒啊！

春曉

孟浩然

春眠不覺曉[1]，
處處聞啼鳥。
夜來[2]風雨聲，
花落知多少？

❶ 曉：天亮。
❷ 夜來：一夜之間。

格律之美

五言絕句

這首詩共四句，每句五個字，是五言絕句。詩中提到兩種聲音：清晨鳥兒的叫聲營造春天來臨的氣息，昨晚的風雨聲讓詩人想到花兒被風雨打落的情景。第一、二、四句句末的「曉」、「鳥」和「少」字同韻，唸起來鏗鏘悅耳，富有音樂感，把山居生活描寫得有聲有色，充滿生機。

詩人王維思念身在南國的朋友，
藉着粒粒晶瑩可愛的紅豆，
寄託思念之情。

相思

王維

紅豆[1]生南國，

春來發幾枝？

願[2]君多采擷[3]，

此物最相思。

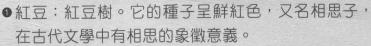

① 紅豆：紅豆樹。它的種子呈鮮紅色，又名相思子，
　在古代文學中有相思的象徵意義。
② 願：希望。
③ 采擷：採摘。

五言絕句

這首詩共四句，每句五個字，是五言絕句。這首詩用字簡單自然，但感
情真摯。詩中第二、四句句末的「枝」和「思」字押韻，讀來自然和
諧，琅琅上口。第四句的「相思」與第一句的「紅豆」互相呼應，既切
合相思子的別稱，又巧妙地傳達相思之情。

格律之美

三國時的諸葛亮，一生為國為民，
「詩聖」杜甫對他十分景仰。
詩人想起諸葛亮的偉大功績，
忍不住寫下這首鏗鏘有力的詩歌。

八陣圖

杜甫

功蓋[1]三分國[2]，
名成八陣圖[3]。
江流石不轉[4]，
遺恨失吞吳[5]。

[1] 蓋：超過。
[2] 三分國：指三國時魏、蜀、吳三國鼎立。
[3] 八陣圖：由八種陣勢組成的軍陣，用來操練軍隊或作戰。
[4] 石不轉：大石依然穩固不動。
[5] 失吞吳：失去吞併吳國的機會。

格律之美

五言絕句

這首詩共四句，每句五個字，是五言絕句。這是詩人歌頌蜀國忠臣諸葛亮豐功偉績的著名詩句。第一、二句對偶：「功蓋」對「名成」、「三分國」對「八陣圖」，短短兩句就讚頌了諸葛亮蓋世功名、優秀的治國和軍事才能。千百年如流水般逝去，但諸葛亮的功績卻永遠留存世上，讓人稍感遺憾的，只是未能吞併吳國啊！

詩人蘇軾帶我們來到廬山，
欣賞雄奇壯麗的風景。
原來廬山，橫看、側看、遠看、近看、高看、低看，
它的面貌都不同呢！

題西林壁[1]

蘇軾

橫看[2]成嶺側成峯，

遠近高低各不同。

不識[3]廬山真面目[4]，

只緣[5]身在此山中。

❶ 題西林壁：題詩在西林寺的牆壁上。題，書寫。西林，西林寺。
❷ 橫看：從正面看。
❸ 不識：不能知道。
❹ 真面目：這裏指廬山的全貌。
❺ 緣：因為。

七言絕句

這首詩共四句，每句七個字，是七言絕句。首兩句就把廬山起伏不定、變化無窮的氣勢展示出來。第二、四句句末的「同」和「中」字押韻，唸起來流利順暢。最後兩句尤其意味深長：我們不要被事物的局部蒙蔽，多角度觀察和思考，就能全面認識事物的真相。

詩人楊萬里擅長描寫大自然景物。
這首詩把流水、樹蔭、荷花、蜻蜓描寫得活靈活現，
像一幅充滿生機、趣味十足的圖畫。
最讓人難忘的，是那隻站在小荷葉上的可愛蜻蜓呢！

小 池

楊萬里

泉眼[1]無聲惜[2]細流[3]，
樹陰照水愛晴柔[4]。
小荷才露尖尖角，
早有蜻蜓立上頭。

[1] 泉眼：流出泉水的小洞。
[2] 惜：憐惜、疼愛。
[3] 細流：細細流着的泉水。
[4] 晴柔：晴天裏柔和的景色。

七言絕句

格律之美

這首詩共四句，每句七個字，是七言絕句。第一、二句用了擬人法，寫泉眼不作聲，像是捨不得泉水流走，而綠蔭把水當作鏡子，像是很喜愛明麗柔和的風光，極富情意。第一、二、四句句末的「流」、「柔」、「頭」字押韻，讀起來流暢悅耳，富有節奏感。

詩人杜甫在成都居住，
由於家裏貧窮，所以親自在屋旁耕作。
春天一場夜雨下得及時，令植物得到灌溉，
詩人既欣喜又感恩！

春夜喜雨

杜甫

好雨知時節，當春乃發生[1]。

隨風潛入夜，潤物細無聲。

野徑雲俱黑，江船火獨明。

曉看紅濕處[2]，花重[3]錦官城[4]。

❶ 發生：萌芽。
❷ 紅濕處：雨水濕潤的花叢。紅，借指花朵。濕，指花朵沾滿了雨水。
❸ 花重：花朵沾上雨水，顯得飽滿而沉重。
❹ 錦官城：古代成都的別稱。

五言律詩

這首詩共八句，每句五個字，是五言律詩。這是描寫春雨的名作：第一、二句讚美雨水下得及時；第三、四句描寫濛濛細雨滋潤萬物；第五、六句對偶，描寫漆黑環境中的漁船透出微弱光芒；第七、八句寫清晨時分成都繁花盛放，洋溢着春天的氣息。

詩人李白與友人騎馬走到城外，在秀麗的山水風光下作別。
友人四處漂泊，分手後不知甚麼時候再會，
詩人心情十分沉重。

縱然不捨，好友始終要離去。
詩人唯有揮手道別，連所騎的馬兒也感受到主人的離別之情，無奈悲鳴。

送友人

李白

青山橫北郭，白水繞東城。

此地一為別，孤蓬萬里征。

浮雲游子意，落日故人情。

揮手自茲去，蕭蕭班馬鳴。

❶ 郭：外城。
❷ 白水：清澈的水。
❸ 蓬：蓬草，隨風四處飄轉，比喻友人四處漂泊。
❹ 征：遠行。
❺ 茲：此。
❻ 班馬：離羣的馬。

五言律詩
這首詩共八句，每句五個字，是五言律詩。第一、二句以工整的對偶，描寫送別友人的環境：「青山」對「白水」、「橫」對「繞」、「北郭」對「東城」，景物色彩鮮明、動靜結合。第五、六句也對偶：「浮雲」對「落日」、「游子意」對「故人情」，暗示友人要遠遊，詩人難捨難離。

格律之美

詩人崔顥登上黃鶴樓，
想起古人乘黃鶴升仙去的傳說，很是感慨；
也想念起自己的家鄉，
不禁愁懷滿腹。

黃鶴樓

崔顥

昔人①已乘黃鶴②去，此地空餘黃鶴樓。

黃鶴一去不復返，白雲千載空悠悠③！

晴川④歷歷⑤漢陽⑥樹，芳草萋萋⑦鸚鵡洲⑧。

日暮鄉關⑨何處是？煙波江上使人愁！

❶ 昔人：傳說中的仙人。
❷ 黃鶴：鳥名。傳說古人得道成仙，會乘鶴升天。
❸ 悠悠：飄蕩的樣子。
❹ 川：這裏指漢江。
❺ 歷歷：清楚分明的樣子。
❻ 漢陽：地名，在黃鶴樓對岸。
❼ 萋萋：草木茂盛的樣子。
❽ 鸚鵡洲：長江中的小洲，在黃鶴樓東北面。
❾ 鄉關：故鄉。

格律之美 七言律詩

這首詩共八句，每句七個字，是七言律詩。第五、六句對偶：「晴川」對「芳草」、「歷歷」對「萋萋」、「漢陽樹」對「鸚鵡洲」，把眼前的景物，對岸漢陽的樹木、鸚鵡洲的草木描繪出來。第二、四、六、八句句末的「樓」、「悠」、「洲」、「愁」字押韻，使此詩情景與格律美高度交融。

詩人杜甫晚年定居成都草堂，那裏如詩如畫，就像世外桃源。
他自耕自足，平日一家人和氣團圓，吟詩下棋，
生活安寧平靜、滿足喜樂。

江村

杜甫

清江一曲抱村流，長夏江村事事幽。

自去自來梁上燕，相親相近水中鷗。

老妻畫紙為棋局，稚子敲針作釣鈎。

但有故人供祿米，微軀此外更何求。

❶曲：彎曲。
❷抱：環繞。
❸幽：寧靜、安閒。
❹祿米：錢米。
❺微軀：微賤的身軀，常用作謙詞。

七言律詩

這首詩共八句，每句七個字，是七言律詩。第三、四句對偶：「自去自來」對「相親相近」、「梁上燕」對「水中鷗」；第五、六句也對偶：「老妻」對「稚子」、「畫紙」對「敲針」、「為」對「作」、「棋局」對「釣鈎」。這四句詩對偶工整，還捕捉了生活中既寫意又溫馨的情景。

格律之美

格律小知識

格律詩，即是要遵守格式、規律的詩。一般指唐代流行的近體詩。它們基本要符合四個規矩：字數句數、對偶、押韻、平仄。

字數句數

- **絕句**：全詩四句。每句五個字的是「五言絕句」，每句七個字的是「七言絕句」。
- **律詩**：全詩八句。每句五個字的是「五言律詩」，每句七個字的是「七言律詩」。

對偶

- 律詩第一、二句叫「首聯」，第三、四句叫「頷聯」，第五、六句叫「頸聯」，第七、八句叫「尾聯」。
- 律詩要求頷聯和頸聯對偶，基本要求為字數相等、平仄相反和詞性相同，例如名詞對名詞，動詞對動詞。

押韻

- 押韻指在詩歌句末，使用讀音相近（韻母相同）的字。
- 絕句要求第二、四句末字必須押韻；律詩要求第二、四、六、八句末字都要押韻。

平仄

- 平仄指詩中用字的聲調。
- 中文字的發音，有平、上、去、入四種聲調。除了平聲，其餘三種聲調皆有變化，一併稱為仄聲。

詩人點滴

李白 （公元 701 – 762）
- 字太白，號青蓮居士。唐代詩人。
- 詩歌想像豐富，感情強烈奔放，被譽為「詩仙」、「謫仙人」。
- 性格豪邁，喜愛遊歷、結交朋友。

蘇軾 （公元 1037 – 1101）
- 字子瞻，號東坡居士、鐵冠道人。
- 北宋大文學家，詩、詞、書、畫都十分出色。
- 與父親蘇洵、弟弟蘇轍合稱「三蘇」，三人同列「唐宋古文八大家」。

孟浩然 （公元 689 – 740）
- 唐代詩人。山水田園詩派作家。
- 年輕時曾遊歷四方，寫了很多有名的山水詩。
- 作品清淡自然、平易近人。

楊萬里 （公元 1127 – 1206）
- 字廷秀，號誠齋。南宋詩人。
- 性格剛直，不畏權貴，常受排擠。
- 曾作詩二萬餘首，是中國歷代寫詩最多的詩人。
- 作品善於描寫自然景物，內容新奇風趣，語言生動活潑。

王維 （公元 701 – 761）
- 字摩詰。唐代詩人。
- 年少時已多才多藝，精通書法、繪畫、音樂、詩歌。
- 因信奉佛教，詩文蘊含着佛理禪機，故有「詩佛」之稱。

崔顥 （公元 704 – 754）
- 唐代詩人。
- 性格耿直，才思敏捷，其作品多激昂豪放、氣勢宏偉。
- 他留下的詩篇不多，後期以邊塞詩為主。

杜甫 （公元 712 – 770）
- 字子美，號「少陵野老」等，世稱「杜工部」等。唐代詩人。
- 與李白並稱「李杜」。
- 作品多關心社會、戰爭、民生等，有「詩聖」之稱。

鳴謝

顧問：羅秀珍老師

聲輝粵劇推廣協會
藝術總監：楊劍華先生

聲輝粵劇推廣協會
學員（粵語朗讀）

上海市匯師小學學生（普通話朗讀）

金樂琴

利文喆

鍾天睿

蔣卓婷

鄧振鋒

李皓晴

謝覺心